KB003516

넌 가끔가다
내 생각을 하지

난 가끔가다
딴 생각을 해

원태연
시집

넌 가끔가다
내 생각을 하지

난 가끔가다
딴 생각을 해

자음과모음

회상

계산할 때

언제나 뒤에서 기다려주던 아이

돈 없을 때 내 표정을 읽고

전표 먼저 잡는 사람이 내는 거라며

잽싸게 전표 잡던 아이

내 친구와 같이 만나기로 했을 때

내가 늦으면 친구가 주문하래도

올 때까지 기다려주던 아이

연시 좋아한다고 봄에 한 번 말한 것 같은데

가을에 바나나까지 사들고 와 먹여주던 아이

예쁜 귀걸이가 눈에 띄어 억지로 사주면

너무나 고마워하고 너무나 잘 어울리던 아이

그 사람 많은 토요일 오후

명동 골목골목을 몇 시간이고 걸어다녀도

짜증은커녕 시간이 너무 빠르단 생각을 들게 해주던 아이

숨 막히게 더운 날

내가 번 돈으로 성년의 생일을 차려주고 싶어

행복한 마음으로 막일하게 만들던 아이

부슬부슬 여름비가 내리던 날

노동판에 찾아와 눈물 글썽이며 다친 데 없지 묻고

당장 그만두지 않으면 안 만나겠다 하던 아이

날 한 번도 화나게 한 적이 없으면서

가끔 미안하다 하던 아이

내가 감기로 고생하면 자기 폐렴 걸린 사람보다 더 아파해

알아서 병원 가게 하던 아이

술 취해 전화 거는 걸 그렇게 싫어하면서도

술 취해 전화 걸어 헛소리 한 것 같은데

아침에 찾아와 해장국 사주며

실수한 거 없어 하고

굉장히 미안한 표정으로 이젠 안 그럴 거지 하던 아이

반찬은 잘 안 먹는 내 버릇을 알고 수저에 반찬 올려주는

그런데도 닭살은커녕 한 그릇 더 먹게 하던 아이

마른안주 시키면 먹기 좋게 찢어 주던 아이

평소에는 김미숙 같은 분위기로

나이트나 가라오케 가면 김완선보다 날리던 아이

강아지 알레르기가 있으면서

우리 갑순이를 질투 날 정도로

사랑스럽게 안아주고

한참 있다 얼굴에 뽀록뽀록 뭐가 나와도

더 예쁘게 보이던 아이

그 큰 키로 행진하는 군인처럼

왼팔을 휘적휘적 흔들며 걸어도

귀엽게만 보이던 아이

피자나 하이라이스 체리펀치를 좋아하면서도

감자전을 잘 부치고 강냉이를 즐겨 먹던 아이

부모님이 여름휴가 떠나셨다고

날 집에 초대하고 싶다던 철없는 아이

난생 처음으로 사랑을 고백하는 순간에

망설여지지도 창피하지도 않게 하던 아이

착한 눈으로 세상을 볼 줄 알던 아이

우는 것보다 웃는 것이 더 힘들다는 것을 알려준 아이

그때

그때가 무척이나 그리워지게 하는 아이

작가의 말

넌 가끔가다 내 생각을 하지
난 가끔가다 딴생각을 해

이 시집이 세상에 나온 지 20년이 됐습니다
자다가도
밥을 먹다가도
친구들과 얘기를 하다가도
버스를 타고 학교를 가다가도
시를 썼던 20년 전의 나
그때가 진심으로 그립습니다

나에게 참 많은 것을 주고
참 많은 것을 빼앗아간 시집
여러분의 이십 대는 어떠셨는지
스스로에게 질문을 던져볼 수 있는 시집이기를
희망합니다

시집을 출판해 주겠다는
출판사를 찾아 가던 마을버스 안에서
세상을 다 가진 행복을 느꼈던
그때의 내가 너무나 그리운

2012년 1월 철없는 시인 원태연

차례

지루한
행복
·

만남의
느낌
·

멈춰버린
사랑 시계

•

지루한
행복

.

초콜릿보다 달콤하고
과일보다 상큼하며
담배보다 끊기 힘들다는

사고는 싶은데
파는 곳을 알 수 없는
아! 사랑이여

그저께 낮 2시 27분쯤

사랑하는 시가 있었으면

사랑하는 노래가 있었으면

사랑하는 여자가 있었으면

얼마나 좋을까

무식하고

못나고

많이 먹는 여자라도

내가 아니면 아무 일 못하고

내가 먹여주지 않으면

굶고 사는 여자

그런 여자가 있으면

물심양면으로 사랑해줄 텐데

내일도 오늘처럼 따분할 거 같으면

잠 속에서 연애나 해야겠다

못생긴 강아지가 찡얼대고

담배는 꽁초도 없고

한숨만 나온다

사랑하는 라이터가 있으면

사랑하는 시가 있으면

사랑하는 여자가 있으면

도대체 얼마나 좋을까

긴급통화

문득 누군가에게
무엇인가 말을 하고 싶어
저기 앞 공중전화로 발길을 돌린다
수화기를 들고 긴급통화를 누른 뒤
눈 앞에 뵈는 번호를 누르지만
네 번 누른 뒤 뚜뚜뚜
조금 있다 딸깍

어디쯤 있는 것일까
언제쯤 나타나려고
그림자조차 보여주질 않나
지금 이 순간 통화돼
웃으며, 응석부리며, 장난치고 싶은데
어디 있길래 나타나질 않나
긴급통화를 해야 하는데

사랑해야 한다는

사랑 주고 싶다는

사랑받고 싶다는

아주 긴급한 내용을

전해야 하는데……

하루에도 몇 번씩

하루에도 몇 번씩

전화를 하고 싶어

하루에도 몇 번씩

짜증을 내고 싶어

하루에도 몇 번씩

고백을 하고 싶어

하루에도 몇 번씩

사랑을 하고 싶어

하루에도 몇 번씩

너를 보고 싶어

넌 누구니?

드디어 헛소리를…

외롭다

너무나 외롭다

심심한 것보다 외로운 것이 더 지겨운 거구나

되게 외로워서

거울을 봤는데

거울 속에 나는 더 외로워 보인다

거울은 또 내가 봐주기까지

얼마나 외로웠을까

그러고 보니까

내 방 침대도, 책상도, 오디오, 장롱도

지금 이 볼펜도

내가 만져주기까지 엄청 외로웠겠네

쯧쯧!

나보다 더 불쌍한 놈들 같으니라고……

사랑 만나기

형두라는 놈이 있어요

그놈 생전 그런 일 없었는데

사랑 한번 만나더니

반 정신이 나갔어요

그애 웃을 때 한쪽 보조개가 얼마나 예쁜지 알아

말끝마다 톡톡 쏘는 게 왜 이리 사랑스럽게 들리니

어제 전화에 대고 노래 불러줬다

유치한 것 같으면서 보기는 좋더라구요

사랑의 감정이라는 게

정말 이상한 것 같지요

무뚝하고 재미없던 놈이었는데……

사랑 한번 만나면

나도 이럴까요?

만남의
느낌

•

여름밤의 소나기처럼 다가와

허락없이 마음 한구석을 차지하고

남은 마음마저 넘보고 있는

그래 모두를 차지하여라

과천으로

프로야구 보러 갔는데

벌써 매진됐대

날씨가 너무 좋아

슬프기까지 하다

술 한잔 하자 꼬셔 보려고

무작정 과천 사는 친구놈 집으로……

그때부터

버스에 오르는 순간부터

시작되었다

오랜 그리움의 단비는

단비는 장마였다

오랜

지루할 정도로 오랜……

원태연입니다

원태연입니다

그녀에게 건네본

최초의 말이었지

아주 자신만만하게……

'네에'하고 그녀가 일어섰다

그녀가 일어선 게 아니라

내가 앉은 것이 아닐까 하는 착각

그 다음부터는

묻는 말에만

네, 아니요

그녀의 키는

그리 작은 키는 아니라고 자신하던

내 생각을

묵으로 만들기에 충분했었다

키 차이는 곧 자존심으로

그대가 구두를 신으면

난 다리가 아파야 했지

같이 걷고 싶었지만

하늘이 노란색이어서……

카페만 택시만

그래도 참 착한 애야

구두는 가끔 신으니까

겨울이었으면

"어휴"

쪼다가 뭐야

볼링하다 손톱이 부러졌을 때
마음은 아팠지만
입에서는 '이 쪼다'
쪼다가 뭐야
너 같은 애지 뭐냐 했지만
아프냐고 말 한 마디 못하는
내가 쪼다야

투정

양복 입은 아저씨와

정장한 누나가

다정히 걸어가면

무조건 부러워

저 나이에 사랑하면

결혼할 수 있겠구나

사랑을 사랑으로 받아들이겠구나

하면서 말이야

내가 양복 입은 아저씨가 되면……

칫! 넌 아기 업은 엄마가 되어 있겠지

너 〉 빈대떡

너를 알기 전에

비가 오는 날이면

빈대떡을 먹었지

할머니께서 만들어 주신

김치빈대떡은

비와 고독의 연관성을

부인하게 했었지

어제는 비가 와서

빈대떡을 먹었는데

도무지 맛이 없었어

할머니 성의를 생각해서

억지로 한 입 먹었지만

보고 싶은 마음은

빈대떡으로는

채워지질 않는다

행복한 못난이

월요일은 수업이 많아서

화요일은 친구 생일이라고

수요일은 집에 손님들이 오시고

목요일은 엄마랑 옷 사러 가야 되고

금요일은 숙제해야 되고

토요일은 선약이 있다고

일요일은 성당 가야 된다고

"세상에서 너랑 나랑 둘만 남는다 해도 말 안 하겠어"

하다가도

"다음 주 화요일 피자 먹고 싶을 것 같아"

하면

세상에 너랑 나랑 둘만 남는다고

그러면……

하며 엉큼한(?) 생각부터 하는

나는 못난이

행복한 못난이

밤의 그리움

밤새 말없이 가슴을 적시는
조용한 움직임
비처럼 스며들며
운명처럼 자리했던 그리움
욕심만큼 바라는
나만의 그리움이 아니기를
눈으로 시를 써
마음으로 읽어준다

서로가 벽을 느끼고
사랑이 아닌
구속이라 생각될지 모르는 지금
조금은 아프더라도
가끔은 힘들더라도
다시 없을 열정과 인내로
마지막 순간을
축복하자

이제 너를 그리는

내 마음은

영원히 한 점에 머무른다

동전이 되기를

우리 보잘것없지만

동전이 되기를 기도하자

너는 앞면

나는 뒷면

한 면이라도 없어지면 버려지는

동전이 되기를 기도하자

마주 볼 수는 없어도

항상 같이하는

확인할 수는 없어도

영원히 함께하는

동전이 되기를 기도하자

땅을 치며 후회했지

너를 알고부터
과학자가 되지 못한 것을
땅을 치며 후회했지
투명인간이 되어서
너의 일거수 일투족을
관찰하고 싶어졌거든

너를 사랑하고부터
유명한 영화배우가 되지 못한 걸
땅을 치며 후회했지
네 친구들의 부러움을 받게 하고
신문이나 TV에 나와
너는 내 여자라고
발표하고 싶어졌거든

욕심 = 사랑

너는 내 나비야

삶에 떨고 있는 내게

따스한 봄날을 알려주려

멀리서 멀리서 날아온

너는

내 나비야

내 마음 속에

꽃밭을 만들어

영원히 곁에 둘 거야

사랑스런

내 나비야

비까지 오다니

안 그래도 보고 싶어 죽겠는데
전화벨만 울려도
눈물이 날 것만 같은데

당신 앞에서라면

당신 앞에서라면

일회용 물수건이라도 좋아요

식사하시기 전

한 번은 손길 주시는

일회용 물수건이라도 좋아요

당신 앞에서라면

자판기 커피라도 좋아요

추운 몸

잠시라도 녹여드릴 수 있는

자판기 커피라도 좋아요

요즘 난

예전에 난

담배를 뜯으면

가운데부터 태웠지

정력담배라나?

오른쪽 것은 사랑이고

왼쪽 것은 이별이고

너를 만나고부턴

유치한 짓이라 생각하면서도

은근히 오른쪽으로 손이 갔어

버릇된 가운데 것이 나오면

누가 볼세라 얼른 집어넣고

오른쪽 것을 꺼내지

유치하면 어때

이미 작은 것까지도 소심해진 것을

유치하지 못하면

사랑할 수 없다고

그 말만 믿고 살아 요즘 난

하나만 넘치도록

오직 하나의 이름만을

생각하게 하여 주십시오

햇님만을 사모하여

꽃피는 해바라기처럼

달님만을 사모하여

꽃피는 달맞이꽃처럼

피어 있게 하여 주십시오

새벽 종소리에 긴긴 여운

빈 가슴속에

넘치도록 채워주십시오

하나만 넘치도록……

이러고 산다

화장실 들어가서 나올 때까지
밥숟가락 들면서 설거지할 때까지
아니다
눈 뜨는 순간부터 눈 감을 때까지
없던 일까지 만들어 상상하며
미친놈 소리 들어가면서도
히죽히죽 웃으며……

영원역까지

사랑번 버스를 타고
영원역으로 가 보세요
행복이 기다리고 있어요
사랑이 늦는다고 짜증내면
급한 마음 택시를 잡으면
영원역은 사라집니다
한 정거장 한 정거장
노선 따라
설레임과 기다림으로
영원역까지 가야 합니다

사랑번 버스를 타고
영원역으로 가 보세요
행복이 기다리고 있어요

사랑하면 공휴일이 없을걸!

막일꾼은 비 오면 쉬고

회사원은 일요일이면 쉬고

경비원은 격일제로 쉬고

택시기사는 이틀에 한 번 쉬고

선생님은 방학이면 쉬고

농부는 겨울이면 쉬고

수험생은 시험 끝나면 쉬고

배우는 연습이 끝나면 쉬고

아기엄마는 아기 자면 쉬고

널 그리는 나는

언제 쉬냐?

난, 안돼요

그렇게 듣고 싶던 목소린데

막상 걸려온 전화에는

수험생보다 더 긴장돼

기껏 한다는 말이

"웬일이야"

그리고 끊고 나선

또 안 오나 전화기만 뚫어지게

너무나 보고 싶던 얼굴인데

마주 앉은 자리에선

꾸중하는 교장선생님처럼

농담도 근엄하게

그리고 돌아서선

웃기려고 연습해 왔던 말 중얼중얼

상상

그녀가

나 아닌 다른 사람을 위해 화장을 하고

나 아닌 다른 사람을 위해 옷을 사고

나 아닌 다른 사람의 전화를 기다리고

나 아닌 다른 사람과 팔짱을 끼고

나 아닌 다른 사람에게 투정을 부리고

나 아닌 다른 사람 생각하며 잠들고 한다면

난 돌아버릴 거야

그러나

나 아닌 다른 사람을 위해 눈물을 위해 눈물을 흘린다면

그땐 힘없이 웃을 수밖에 없을 거야

멈춰버린
사랑 시계

•

헤어짐의 갈림길에서

하루 먼저 잊고 마음 편하기보다는

하루 더 마음이 아프다 해도

눈물뿐인 시간을 보내는

바보로 남으리라

모른 척할 수 있게만

변함없는 너의 표정에서

노력하는 모습이 보였을 때

수화기를 내리기 전 안녕이

싸늘하게 들려왔을 때

모른 척해야 했어

말없이 행복했던 그때가 그리웠는데

십 분이 아쉬웠던 그때가 간절했는데

밤이면 혼자 울면서

웃으며 모른 척……

너를 원망하지 않아

그저 작은 욕심으로

큰 기다림을 달래며

언제까지라도

모른 척할 수 있게만……

둘이 될 순 없어

둘에서 하날 빼면

하나일 텐데

너를 뺀 나는

하나일 수 없고

하나에다 하나를 더하면

둘이어야 하는데

너를 더한 나는

둘이 될 순 없잖아

언제나 하나여야 하는데

너를 보낸 후

내 자리를 찾지 못해

내 존재를 의식 못해

시리게 느껴지던

한 마디 되새기면

그대로 하나일 수 없어

시간을 돌려달라

기도하고 있어

둘에서 하날 빼면 하나일 순 있어도

너를 뺀 나는

하나일 수 없는 거야

이 마음 맞아요?

돌아보지 못할 것 같다

돌아보면

돌아갈 것만 같아

후회할 것만 같아

돌아보지 않는다.

떠나는 순간부터

어떠한 이유를 붙여도

나 자신을 합리화시킬 수 없다는 걸 알아

차마 미안하다 말하지 못한 것은

한 번 사랑한다 말하지 못한 것은

너를 위한

내 마지막 양심이야

맘속 할 말

천 마디도 넘을 것 같은데

정작 한 마디도 못하고 떠난다

아무리 그리워도

옛 추억은 돌아오지 않겠지

함부로 부르기조차 소중했던 그때는
나를 위해
미소 지어 주지 않겠지
먼 훗날
그래 먼 훗날 후회할 거야
그때 돌아볼 거야

한 개피만 더

찻집의 영업은 끝이 나고
문 앞에서 기다리며
한 개피
한 개피만 더

간간이 내리는 빗방울
초라히 앉아 있는 내 모습
한 개피
한 개피만 더

오가는 사람 없이
깜깜한 밤하늘
한 개피
한 개피만 더

수북히 쌓여 있는 담배꽁초 뒤로 하고
어느덧 나는 눈물을 훔치고 있구나

이별역

이번 정차할 역은

이별 이별역입니다

내리실 분은

잊으신 미련이 없는지

다시 한번 확인하시고 내리십시오

계속해서

사랑역으로 가실 분도

이번 역에서

기다림행 열차로 갈아타십시오

추억행 열차는

손님들의 편의를 위해

당분간 운행하지 않습니다

헤어지는 날에는

헤어지는 날에는

서로를 위해

만남없이 전화로

굳이 만나야 한다면

어두운 찻집이나

가로등 없는 골목에서

나처럼

다 큰놈이 눈물 보이면 안되니까

말 안 듣는 눈물 때문에

안 그래도 아픈 상대의 마음

미어지게 하면 안되니까

서글픈 바람

누가 오기로 한 것도 아니면서

누굴 기다리는 사람처럼

삐그덕 문소리에

가슴이 덜컹 내려앉는다

누가 오기로 한 것도 아니면서

누굴 기다리는 사람처럼

두 잔의 차를 시켜 놓고

막연히 앞 잔을 쳐다본다

누가 오기로 한 것도 아니면서

누굴 기다리는 사람처럼

마음속 깊이 인사말을 준비하고

그 말을 반복한다

누가 오기로 한 것도 아니면서

누굴 기다리는 사람처럼

나서는 발길

초라한 망설임으로

추억만이 남아 있는

그 찻집의 문을
돌아다본다

슬픈 대답 Ⅰ

뭐가 그리 안타까우냐 물으면
지갑이나 만년필 따위를
잃어버린 것이 아니라고

잊지 못할 것 같으냐 물으면
그 밝은 미소가
아직도 손에 닿을 것 같다고

남은 시간 어쩌냐고 물으면
두 다리를 잃고도
남은 시간 생각할 수 있냐고

죽어도 잊을 수 없냐 물으면
만남에서부터
불가능했다고……

슬픈 대답 Ⅱ

잊었다고 하기에는

아직……

잊을 수 있냐고 하기에는

이미……

지금도 사랑하고 있냐 물어오면

눈물……

그래도 고마워

볼 수는 있어도 만날 수는 없는

내 모습은 슬픔

만난다 한들 보여줄 수 없는

내 마음은 눈물

떠나버린 소매 끝을

잊으려

잊어도

잊을 수 없는

내 기억은 목마름

내 나이 스물하나에

이토록 순수한 눈물 준

너는

내 모두

머무르지 않아도

변치 못할……

잊지 않기 위해서

오늘 세 갑의 담배를 태웠다

하나 하나에

너의 기억을 실어

육십 번을 반복해 봤다

거리에서

찻집에서

내 방에서……

어지러움 속에서

얻어진 것이 있다면

잊으려 노력하는 이유는

잊지 않기 위해서라는 것이다

산낙지

딱딱딱

낙지 다리가 잘린다

딱딱딱

낙지 머리가 잘린다

매운 마늘과

달콤한 초고추장에

질겅질겅 씹어 삼킨다

나를 떠난

네 이기심과 함께……

다 아는데

그렇게 피하지 않아도

다 아는데

떠나려고 뒷모습을

준비하고 있는 걸

다 아는데

피하려 마음 상하지 않아도

이쯤이다 생각되면

돌아서려 했는데……

동부 이촌동 어느 일식집에서

동부이촌동 어느 일식집에서

너랑 나랑 네 친구랑

친구의 추억이 담겨진 곳이라며

부득부득 그곳으로

몇 잔인가 술을 먹고

그 사람이 옆에서

웃고 있는 것 같다며

친군 울었지

감히 내가 말했지

사랑 시가 한 편 나오려면

몇 장이고 연습장이 찢어져야 한다고

사랑을 원한다면

마음 미어지는 것은 각오했어야 한다고

감히 내가……

우스워

내가 여기서 이렇게 울고 있을 줄이야

그 친구의 마음을 이해하게 되다니

초라한 이별

어제 내린 비는 만남의 비고

지금 내리는 비는 이별의 비

내일 내릴 비는 슬픔이

그 이름이겠군요

아무리 감정을 숨기려 해도

미어지는 마음 억제하려 해도

그래도 내리는 눈물은

내일 내릴 비의 슬픔을

알고나 있는 것일까요

이렇게 안녕일 줄 알았으면

어제 우산을 쓸 것을

차라리 서글픈 사랑은

느끼려 하지 말 것을

또 비가 내리면

문득 떠오르시겠지만

그래서 더 슬픈 저는

당신 기억 속에서

비처럼 지워지겠지요

만들어 보기

아주 조금씩만 마음을 모아서

비 온 뒤

무지개가 뜨면

이슬처럼 맑은 물에

사랑배를 띄워

기도하는 마음으로 지켜보리라

사랑배가 도착하기 전에

그가 돌아서면

사랑새를 길들여

절실한 마음으로 날려 보내리라

그렇게 많은 시간이 흘러도

내 마음

그 마음이 알려 하지 않으면

쓸쓸한 마음

이별학을 고이 접어

그와 함께 했던 시간 속으로

보내주리라

아무것도 바라는 것 없이

기도하는 마음만으로

두려워

너를 예를 들어
남을 위로할 때가 올까봐
나도 그런 적이 있었다고
담담하게 말하게 될까봐

마음아 미안해

친구 두 놈이
위로주 사준다며
주점으로 끌고 갔어
취기가 오자
빈손인 게 미안스러워
반지 맡기고 마셔 마셔
그때까지만 해도
돈 생기면 천천히 찾으려 했지
근데 이틀을 못 넘겼어
손가락이 없어진 것 같았거든

이제는
너를 찾아오고 싶은데
아무런 손도 못 쓰는
마음이 너무 아파 보여
마음한테 너무 미안해

비 내리는 날이면

비 내리는 날이면
그 비가 촉촉히 가슴을 적시는 날이면
이곳에 내가 있습니다
보고 싶다기보다는
혼자인 것에 익숙해지려고

비 내리는 날이면
그 비가
촉촉히 가슴을 적시는 날이면
이곳에서
눈물 없이 울고 있습니다

세 조각 진실

이제 떠나가시겠지만

마음 한 조각

떼어두고 가세요

소중히 생각해 주셨던

그 한 조각만

돌아온단 다짐 대신

마음 한 조각 가져가세요

영원히 기억되기 바라는

작은 조각입니다

참으로 오랜 시간

기다렸던 사랑이기에

앞으로도 단 한 번

사랑일 것이기에

그 기억 한 조각

영원히 간직하며 살아갈 것 같습니다

헛된 사랑이 아니었기에

당신 그렇게 살아가고

저 이렇게 잊혀진다 해도

눈물 아닌

웃음으로 보내드립니다

그래도 그래도

한 방울 눈물은

당신을 온 마음으로 사랑할 수 있는 저에게

그 마음 심어주신 당신에게

그저

고마운 마음에……

기도

한 방울 두 방울

가을비는 떨어지고

기억 속에서도 너는

날 슬프게 하고

가슴은 치밀고

눈물은 고이고

모든 것을 잊자 하다가도

얼핏 스친 너의 얼굴

그 한 가닥의 끄나풀 때문에

아무의 동정이라도 받고 싶은

지금의 내가 불쌍해

내가 나를 위로하고

너와 함께 했던

짧은 즐거움의 시간들은

한 방울 눈물이 되어

나를 더욱 슬퍼지게 하고

괜히?

재방송을 보면

괜히 눈물이 나와

특히

"너무 웃기지 않았니" 했던 프로가

방송국 사정으로

재방송될 때면……

그래 너무 웃기더라

그래서

울었어……

괜히

눈물 따윈

사랑할 순 없어도

그리워할 순 있잖아

그리워하다

그리워하다

시간이 잊어주면

그때 잊으면 되는데

눈물 따윈

흘릴 필요 없잖아

아직도 모르시겠다면

아직도 모르시겠다면

그것은 이미

알려 하지 않으심일 것입니다

늦겨울 눈꽃

봄이면 눈물 되어 흐를 줄 알면서도

막연히 간직한 욕심이었습니다

아직도 모르시겠다면

다시는 알려드리지 않겠습니다

호수 위 돌멩이처럼

그 작은 무게에

비 오듯 가라앉을 사랑이라면

다시는 알려드리지 않겠습니다

아직도 모르시겠다면

이제는 떠나드리겠습니다

웃어도 슬픈 눈에

더 슬픈 마음 심어드리기 전에

내 몸으로 아파하며

내 마음으로 괴로워하며

아직도 모르시겠다면

이제는 떠나드리겠습니다

우연을 위하여

여름밤 덥다고 이불 없이 자지 마
신호 바뀔 때는 꼭 좌우를 살피고
늦잠 자고 피곤하다고, 시간 없다고
끼니 거르지 말고
건강 조심해
아파서 병원 가야 하면
우리 집이 멀리 있으니까
그만큼 우연이 적어지잖니
내가 슬퍼할 거란 생각으로
마음 아파하지 마
나 아닌 다른 사람과 함께여도
그 사람을 사랑한다 해도
괜찮아…… 안 울어
속상하다고 술 많이 마시면
밥 거르게 되고 피곤해지고
그리고 아프게 되는 거니까

내가 아파 병원에 가게 되면

그만큼

우리의 우연도 아파할 테니까

이별 통지서

편지로 온 것도 아니고

소포로 온 것도 아니고

전보로 온 것도 아니다

우표도 없이

주소도 없이

내용도 없이

단지

마음으로 받은 이별 통지서

죽도록 사랑하는 애인이 있는

남자가 받은 입영 통지서보다

더 황당하게 만드는

마음으로 받은

이별 통지서

동전지갑

허구한 날 몇백 원씩 흘리고 다니던 나였지
「어! 내 돈」하면
굉장히 속상한 표정으로
「난 몰라 바보 같아」
수북한 주머니를 보면
「동전으로 계산을 하든지
동전지갑을 사든지 해!」
챙겨주는 모습이 사랑스럽고 기분 좋아
다음 만날 때부터는
나도 불편할 정도로 하나 가득 넣고 다녔지
〈비기 싫어! 당장 동전지갑 안 사주나 봐라〉

요즘도 나는
동전을 수북히 넣고 다니지
묵직한 동전을 만지작거리면
금방이라도 달려와서

「자! 동전지갑」 할 것 같거든

요즘도 간간이 흘리고 다니지만
잃어버렸다고 속상해 해주는 네가 없어
잃어버릴 맛도 안 난다

이별 후 Ⅰ

2+☆이 이별인 줄 알았는데

뭉클한 추억인 줄 알았는데

비가 오면

홀로 걷고 싶은 마음인 줄 알았는데

노래 가사가 마음에 와닿아

조금 더 슬퍼지게 하는 건 줄 알았는데

남에게 위로 받고 싶은 마음인 줄 알았는데

그 정도로 끝나줄 줄 알았는데

이별이란 걸 하고 보니

잠들기가 무서워지더군

깨어나면 시작되는 지독한 썰렁함에

새벽 첫 담배를 필터까지 태우게 하더군

가슴 한구석에

커다란 구멍을 만들어 주더군

이별 후 II

잠에서 깨어나면

어김없이 마음이 아파옵니다

일부러 생각하는 것도 아닌데

스스로 썰렁해집니다

생각없이 지나쳤던

표정 하나 하나가

아침해와 함께 떠올라

마음 한 구석을 썰렁하게 합니다

스스로 썰렁해집니다

이별 후 Ⅲ

거울 앞의 모습이
멋지게 보일 때
만나기로 했던 친구가
「너 오늘 죽인다」 하면
화장실 거울 앞에서
표정을 연습하고
우연을 기대하는 것
그날은 하루종일
두리번거리며
우연을 기대하고
긴장하며 보내는 날

이별 후 IV

집도 있고

가족도 있고

친구도 있고

옷도 있는데

아무것도 없는 사람마냥

초라해져 간다

다 있고

너 하나 없어졌을 뿐인데……

이제는

기억은 나지 않습니다

언제였는지

어렴풋이 행복했다는 느낌밖에……

생각하고 싶지는 않습니다

무슨 이유였는지

마주했던 순간에는 사랑이라 믿었으니까

자존심

지금 생각해 보면
그까짓 자존심 아무것도 아닌데
그땐 뭐 그리 대단했던지
같이 식은 척
아무렇지도 않은 척했을까

요즘 마음속에서
자존심이 미련한테 혼나고 있어
니가 뭐 그리 잘났다고
날 이렇게 아프게 하냐고
너 땜에 내가 왜 아파야 하냐고
그래도 자존심은 암말 안해
사과도 없이 듣기만 하고 있어
마지막 자존심을 위해선가봐

눈물은?

눈물이란 애를

알다가도 모르겠어

굉장히 기쁜 날에는 주책없이 나오면서

이것이 정말 아픔이로구나

서글픈 마음이 이런 거였구나

하는 날에는

눈물은 꽁꽁 숨어버리거든

눈물은

나쁜 나라일까?

좋은 나라일까?

아니면 눈치가 없는 걸까?

내 사랑별인데…

저 별이
내 사랑별이라는 걸 아는데
저 별은
그냥 보이기만 할 뿐
내 별은 아니라네
단지 사랑별일 뿐
내 별이 되긴 싫다네
되고 싶지 않다네

영화 보러 갔다가

극장에 와서

담배를 태우고

신문을 보고

팝콘을 먹으며

영화가 시작되기를 기다리는데

언젠가 우리가 했던 농담이 생각이 나

그냥 나와버렸다

「극장 구경은 내가 시켜줄게

영화 구경은 네가 시켜줘」하자

귀엽게 웃다가 툭 치면서

「동전 던져서

앞면이 나오면 네가 진 거구

뒷면이 나오면 내가 이긴 거다.

진 사람이 표 사기」

극장을 나와서

담배를 태우고

버스를 타고

집으로 왔다

알고 그런 건지 모르고 그런 건지

와보니 니네 집이었다

어차피

봄에 가지 그랬어

가을에 와서

봄에 가지 그랬어

그랬으면

이 정도까지는……

따뜻한 날 같이 보내주고

둘이어도 허전한 이 계절에

나보고 어쩌라고

봄에 갔으면 좋을 뻔했어

알아!

넌 가끔가다
내 생각을 하지!
난 가끔가다
딴 생각을 해

오직 하나의 기억으로

오직 하나의 이름으로

간직하고 싶습니다

많은 괴로움이 자리하겠지만

그 괴로움이

나를 미치게 만들지라도

미치는 순간까지

오직 하나의 이름으로

간직하고 싶습니다

그 하나의

오직 하나의 이름으로

기억되고 싶습니다

두 번 다시 볼 수 없다 해도

추억은

떠나지 않는 그리움으로

그 마음에 뿌리 깊게 심어져

비가 와도

바람이 불어도

흔들림 없이

오직 하나의 이름으로

기억되고 싶습니다

네 마음 알기에

나를 위해 마지막 촛불을

그렇게 애처롭게 태우지 마

촛농뿐인 걸 아는데

심지가 다 타버린 게 벌써 언젠데

차마 미안한 마음에

계속 태우려 힘들어 한다는 걸

바보가 아닌데 왜 모르겠니

모진 놈도 못되는데 어찌 보고만 있겠니

이제는 쉬도록 해……

고마웠어

너무나

편안한 마음으로

이제…… 잊어

비 말고

눈이 왔으면······

이런 날 비 말고

눈이 왔으면······

더 슬퍼지기 전에

더 울어버리기 전에

비 그치고

눈이 왔으면······

서글픈 그리움은

마음속 비를 내리고

커져가는 외로움도

눈에서 비를 내리고

눈이 왔으면······

모든 것을 덮을 수 있도록

많은 눈이 왔으면······

경험담

집 앞까지

바래다 달라 해도 싫다 하고

바래다 준다 해도 싫다 하세요

매일 매일 바래다 주면

서로가 버릇돼

이별 후

다시 만남을 갖는다 해도

그 만남을 사랑하게 된다 해도

집 앞에서 안녕할 때

문득 떠오를 테니까요

전에 바래다 주었던

그 행복한 눈이

슬픈 눈으로 기억될 테니까요

서글픈 밤 그림자로 기억될 테니까요

바보와 멍청이

우리가 서로에게 한참 빠져 있을 때

나는 널 멍청이라 불렀고

너는 날 바보라 불렀지

우리 딴에는 애정표현이었는데

이제 생각해 보니까

진짜로 바보와 멍청이었지 싶어

그토록 좋아했으면서

유치한 자존심을 내세우고

지독히도 사랑에 서툴러

서로가 어렵게만 생각했던

바보와 멍청이었지 싶어

당신은 제게 있어

당신은 제게 있어 하늘이었습니다

비를 내리시면

울어야 했고

해를 띄우시면

웃어야 하는

당신은 제게 있어 하늘이었습니다

저는 당신에게 있어 촛불이었나 봅니다

이리 불면

저리로 흔들거리고

가는 입김에

꺼져가는

저는 당신에게 있어 촛불이었나 봅니다

왜 비구름만 보여주셨는지

왜 해를 띄우지 않으셨는지

물으면 제가 아는 답

당신과 함께 했던 모든 시간

그 시간은 제게 있어

영원한 빛이었습니다

아무 말 하지 말고
조금도 미안해하지 말고

우리의 추억을 버리기는 아까우면

그 마음을 전당포에 맡겨줘

언제 찾으러 온다는 말도 말고

나를 생각하라는 것도 아니야

시계 따위라 생각하고

가끔 불편할 때 생각해

필요하면

그 정도로 네가 약해져 있으면

그때 찾아줘

아무 말 하지 말고

조금도 미안해하지 말고

이 모든 아픔 언제쯤

처음에는 서러웠어요

밤새 뒤척이며

서글픈 눈물 알아서 닦아야 했어요

조금 더 울다 외로워졌어요

어디를 가도 혼자라는 생각에

어떠한 만남이든 둘이 있으면 무작정 부러웠어요

그러고는 그리워졌어요

그 웃음이, 눈빛이, 표정이, 목소리가

사무치도록 그리웠어요

알고 싶지 않았어요

쓸쓸함만은

친구도 만나보고 술도 마셔보고 정신없이

얘기도 해보고

그랬는데 봄바람처럼 피해지질 않아요

얼마나 더 아파야 웃으며 떠올릴 수 있을까요

얼마나 더 울어야 눈물이 마를까요

주정

술잔을 기울인다
마신 술의 양만큼
너는 잊을 수 있는 여자가 되고
내 주정을 받아주고
네 얘기를 함부로 하는
친구의 턱을
갈겨버렸다.
이제는 완전히 내 정신이 아니다
이 정신에서도 너는 눈물이 되어
뺨 위로 흐른다
정말 기가 막힌다

내 머릿속에서

다른 사람이 다 잊혀지고, 지워져도

그녀만은 잊혀지지 않을 겁니다

지금처럼……

그러길 믿고 싶습니다

앞으로도……

내 앞에

어느 때 어떤 모습으로 서 있든

그녀 마음속에

내가 조금이라도 자리한다면

그 마음 위에 물을 뿌려

꽁꽁 얼게 하고 싶습니다

네 속에 내가 머물러 있는 만큼
내가 있으며
네 속에 내가 지워진 거리만큼
내가 멀어지고…

지금 비처럼

비를 보면 아무 말 없듯

나 널 보면 별말은 없어도

할 말이 없는 건 아니라네

종이에 대고 말하는 것만큼은 있네

그저 부를 수 있는 이름 하나에

행복 하나를 받은 부자마음에

누르지 못하는 전화번호를 더듬고

오늘도 앉아 있네

하여금

너로 하여금

나는

바보가 되어간다

나로 하여금

너는

너는 반복되는 필름이 되어간다

슬픈 선물

시집을 선물하면 어떨까
아주 커다란 인형을 사줘볼까
아니면 장미꽃 한 다발을
그래! 넌 향수를 좋아했지

알아 소용없다는 걸
너만 더 부담스럽다는 걸
네가 받고 마음 편한 선물은
빨리 잊혀지는 거란 걸
떠나가는 것은 조금 슬픈데
마지막 선물이라
많이 슬퍼
자꾸만 눈에서 물이 나와

그럼 안녕

어떤 글은 원망도 했을 거고

어떤 글은 잊었다고도 했을 거야

마음을 비우고 돌이켜보면

우리 둘 누가 먼저 이별을 말한 것도 아닌데

내가 너무 약해져 있을 때

틈이 생겼나봐

그 틈이 오늘의 우릴 만들었고

널 영원히 기억하겠다는 말은 하지 않겠어

그 정도까지 내 사랑이 깊었는지도 모르겠고

다만 참 좋은 애였다고는 남겨두고 싶어

널 처음 만난 날

그날의 나로 돌아왔나봐

다시 무딘 놈으로 말이야

그런데도

잃어버리면 큰일나는 걸 잃어버린 느낌이야

우리 다음 사랑이 찾아오면

지금 같은 실수는 하지 말자

우리 얘기는 이쯤에서 예쁜 추억으로 접어두고

찾아올 사랑에게 충실할 수 있는

마음을 준비하자

행복하게 사는 거 잊지 말고

그래 난 이만 갈게

그럼 안녕

넌 가끔가다 내 생각을 하지
난 가끔가다 딴 생각을 해

ⓒ 원태연, 2000

1판 1쇄 발행일 | 2000년 6월 16일
1판 19쇄 발행일 | 2011년 4월 13일
2판 1쇄 발행일 | 2012년 3월 7일
2판 9쇄 발행일 | 2017년 7월 14일
3판 1쇄 발행일 | 2021년 1월 22일
3판 3쇄 발행일 | 2021년 3월 5일

지은이   원태연
펴낸이   정은영

펴낸곳   (주)자음과모음
출판등록   2001년 11월 28일 제2001-000259호
주소   04047 서울 마포구 양화로6길 49
전화   편집부 02) 324-2347 경영지원부 02) 325-6047
팩스   편집부 02) 324-2348 경영지원부 02) 2648-1311
이메일   munhak@jamobook.com

ISBN 978-89-544-4620-4(03810)